Reincarnated as an Aristocrat
Dénicheur de talents

4

Scénario **Miraijin A**
Dessin **Natsumi Inoue**
Chara design **Jimmy**

Sommaire

☆☆☆☆☆

27e Chapitre

Le visage du guerrier

TAC
TAC
PÈRE !
ARS !
JE NE PEUX PAS TE LAISSER TE RENDRE SUR LE CHAMP DE BATAILLE, TU N'ES PAS ENCORE PRÊT.

C'EST À MOI D'Y ALLER.
ゾクッ
BRR
MAIS VOUS ÊTES SOUF-FRANT, PÈRE.
VOUS NE DEVRIEZ PAS PARTIR AU COMBAT.
JE VAIS BEAU-COUP MIEUX.
JE M'EN SENS CAPABLE.
ET QUE FEREZ-VOUS SI VOTRE ÉTAT S'AGGRAVE ?! VOUS POURRIEZ Y LAISSER LA VIE !
JE NE MOURRAI PAS.
ET MÊME SI JE DEVAIS Y RESTER, JE SERAIS COMBLÉ D'AVOIR ACCOMPLI MON DEVOIR ENVERS LE DISTRICT DE CANARRE EN TANT QUE SEIGNEUR DU DOMAINE DE LAMBERG.
!

SEIGNEUR RAVEN, SIEUR ARS NE...
RIETZ !
ZUM
TAIS-TOI !
GLOUPS
JE VOUS PRIE DE M'EXCUSER...
PÈRE...
JE RECONNAIS MES LACUNES ACTUELLES, MAIS RIETZ ET CHARLOTTE SERONT À MES CÔTÉS !
JE VOUS JURE DE REMPORTER LA VICTOIRE !
LÀ N'EST PAS LE PROBLÈME.
ARS...

TU N'AS TOUJOURS PAS...
LE VISAGE D'UN GUERRIER.
"LE VISAGE ...
D'UN GUERRIER" ?
MAIS PEU IMPORTE ...
PUISQUE TU INSISTES, JE VAIS TE METTRE À L'ÉPREUVE.

"À L'ÉPREUVE"?!
GULLAR.
AMÈNE CE SCÉLÉRAT QUE J'AI FAIT METTRE AU CACHOT !
L'HEURE EST VENUE DE S'OCCUPER DE SON SORT.
BLA
À... À VOS ORDRES !
BLA
BLA
?

PLIC
PLOC
LÂCHEZ-MOI...
BORDEL !
QUI...
QUI EST CET HOMME ?!
C'EST BARRAMORDA ...
UN CRIMINEL NOTOIRE QUI A COMMIS DE NOMBREUX MEURTRES, VIOLS ET AUTRES LARCINS DEPUIS SON ARRIVÉE AU VILLAGE.
MA MALADIE A RETARDÉ SON EXÉCUTION...

C'EST POURQUOI NOUS ALLONS Y PROCÉDER MAINTENANT.
TU VAS Y ASSISTER, ARS.
C'EST CELA, VOTRE ÉPREUVE ?
EXACT.
POUR LA RÉUSSIR, TU DEVRAS GARDER TON SANG-FROID.
AU MOINDRE VACILLEMENT, JE CONSIDÉRERAI QUE TU AS ÉCHOUÉ.
LA MORT EST OMNIPRÉSENTE SUR UN CHAMP DE BATAILLE…
DE CE FAIT, SI CETTE EXÉCUTION TE DÉSTABILISE, C'EST QUE TU N'ES PAS PRÊT À Y ALLER.
C'EST UNE QUESTION QUI VA AU-DELÀ DE LA CAPACITÉ À COMMANDER DES TROUPES OU DE LA PUISSANCE AU COMBAT …

SI TU ASSISTES À CETTE MISE À SA MORT SANS CILLER, JE TE RECONNAÎTRAI ALORS COMME UN HOMME ACCOMPLI…
ET JE TE CONFIERAI LA TÊTE DE L'ARMÉE.
ASSISTER À CETTE MISE À MORT SANS CILLER ?
J'AI ÉTÉ ÉLEVÉ LOIN DE TOUT AF-FRONTE-MENT…
JE N'AI JAMAIS VU PER-SONNE SE FAIRE TUER…
AUSSI BIEN DANS CE MONDE…
QU'AU COURS DE MA VIE ANTÉRIEURE.

QUELQU'UN COMME MOI...
POURRA-T-IL VRAIMENT ASSISTER À UNE EXÉCUTION...
TOUT EN RESTANT IMPASSIBLE ?

...
HÉ !
OUAH !
STOP ! DÉTACHEZ-MOI !
BRAP
SKRRR
AH !

BOBOM
MOI, RAVEN LOUVENT, J'ORDONNE L'EXÉCUTION IMMÉDIATE...
DU CRIMINEL BARRA-MORDA !

AH!
WUSH
TCHAK

VLARF
ゴロ...
ROLL
ドサッ
BOM
BO

HOAO
AH...
HOAO
AAH...
BOBOM
BOBOM
GGAH...
!
RLL...

KOFF
BWEER
TU N'AS PAS À AVOIR HONTE.
TOUT LE MONDE RÉAGIT AINSI LA PREMIÈRE FOIS…
MOI Y COMPRIS.
QUOI QU'IL EN SOIT, ÊTRE ÉBRANLÉ POUR SI PEU…
PROUVE QUE TU N'ES PAS APTE À COMMANDER LORS D'UNE VÉRITABLE BATAILLE.
C'EST DONC BIEN MOI QUI IRAI.

AS-TU COMPRIS MAINTE-NANT, ARS ?
C'EST ENCORE TROP TÔT POUR TOI.
MAIS TU N'AS PAS À T'EN FAIRE, JE NE MOURRAI PAS.
EN AVANT, SOLDATS !
WOOAH !
NOUS PARTONS AU COM-BAT !
ZAT
ZAT
ZAT
ZAT

ZAT
ZAT
ZAT
ZAT
ZAT
PLIC
PLOC
PLOC
PLIC
SHHHH
JE NE SUIS QU'UN PAUVRE IGNORANT...
SHHHHHH
JE N'AVAIS PAS LA RÉSOLUTION NÉCESSAIRE...
POUR PRENDRE PART À UN TEL CONFLIT.

PLIC
ポタ
ポタ
PLOC
JE NE SUIS RIEN DE PLUS...
QU'UN ENFANT DÉNUÉ D'EXPÉRIENCE !

ザァァァァ
ァァァァ
SHHHHHHHH

Reincarnated as an Aristocrat

Dénicheur de talents

Reincarnated
as an Aristocrat
Dénicheur de talents

BIEN QUE L'ARMÉE ENNEMIE SOIT UNE FOIS ET DEMIE PLUS NOMBREUSE QUE CELLE DU DISTRICT DE CANARRE...
LES TROUPES DE LA MAISON LOUVENT, MENÉES PAR MON PÈRE, ONT COMBATTU AVEC UN TEL ÉCLAT...
QU'ELLES ONT SURMONTÉ LEUR INFÉRIORITÉ NUMÉRIQUE ET RÉUSSI À REPOUSSER L'ENNEMI.
LA BATAILLE A DURÉ UN BON MOIS...
SI BIEN QUE MON PÈRE ET SES HOMMES ...
SONT RENTRÉS QUATRE JOURS...
APRÈS MON DOUZIÈME ANNIVERSAIRE.

28e Chapitre
La force de protéger les siens

コン
TOC
コン
TOC
ガチャ
TCHAK
JE SUIS RAVI DE TOUS VOUS REVOIR.
VOUS AVEZ FAIT DU BON TRAVAIL.
SIEUR… SIEUR ARS ?!

D'OÙ VIENNENT CES BLESSURES ?!
TAC
TAC
HÉ HÉ...
JE ME SUIS UN PEU EN-TRAÎNÉ.
TOUT VA BIEN, NE T'IN-QUIÈTE PAS.
ET MON PÈRE ?
COMME JE VOUS L'AVAIS ÉCRIT...
LE SEIGNEUR RAVEN A FAIT PREUVE D'UNE INCROYABLE BRAVOURE AU COURS DE LA BATAILLE.
MALHEUREU-SEMENT, LE CONTRECOUP A ÉTÉ SI FORT QU'IL S'EST EF-FONDRÉ DÈS LA FIN DES COMBATS.
IL ÉTAIT DÉJÀ BIEN AFFAIBLI... CE LONG MOIS DE BATAILLE N'A CERTAINE-MENT PAS DÛ ARRANGER LES CHOSES.

C'EST DE MA FAUTE, JE N'AURAIS JAMAIS DÛ LE LAISSER Y ALLER À MA PLACE.
IL ÉTAIT DÉJÀ SOUFFRANT À SON DÉPART…
VOUS N'Y ÊTES POUR RIEN.
MERCI POUR TA SOLLICITUDE, RIETZ.
PRÉVENEZ-MOI S'IL Y A DU NOUVEAU.
TCHAK
!
OÙ ALLEZ-VOUS ?!
JE RETOURNE M'ENTRAÎNER.
À UNE HEURE PAREILLE ?! MAIS IL EST DÉJÀ TRÈS TARD !

HÉ HÉ...
NE T'EN FAIS PAS POUR MOI.
...
TAC
TAC
VOUS CROYEZ VRAIMENT QUE SIEUR ARS VA BIEN ?
TAC

D'APRÈS CE QUE M'ONT DIT LES SOLDATS RESTÉS AU DOMAINE…
IL S'ENTRAÎNE TOUS LES JOURS COMME UN DAMNÉ.
J'ESPÈRE JUSTE QU'IL NE VA PAS S'EFFON-DRER À SON TOUR…
TOC TOC TOC
HMM ?
TOC
TOC
QUI ÇA PEUT ÊTRE…
STAP
À UNE HEURE PAREILLE ?
STAP
TCHAK

VEUILLEZ PARDONNER MON INTRUSION !
EST-CE QUE SIEUR ARS EST LÀ ?!
NOUS SOMMES VRAIMENT CONFUS !
DAMOISELLE LICIA ?!
QUE SE PASSE-T-IL ?
DÉSOLÉE DE VOUS DÉRANGER À UNE HEURE AUSSI TARDIVE...
MAIS...
JE NE POUVAIS M'EMPÊCHER DE M'INQUIÉTER POUR SIEUR ARS...
QUOI ?

JE TIENS UNE CORRES-PONDANCE RÉGULIÈRE AVEC LUI.
D'ORDINAIRE, SES LETTRES SONT TOUJOURS CHALEUREUSES ET TOUCHANTES…
MAIS DEPUIS LA DERNIÈRE BATAILLE, JE RESSENS COMME UN MA-LAISE À LEUR LECTURE.
SUR LA FORME, ELLES N'ONT PAS TEL-LEMENT CHANGÉ, MAIS…
COMMENT DIRE… C'EST COMME S'IL AVAIT LA TÊTE AIL-LEURS.
IL N'ÉCRIT PLUS AVEC LA MÊME SENSIBILITÉ, JE NE RESSENS PLUS AUCUN AFFECT.
IL S'EST PASSÉ QUELQUE CHOSE ?
NE LE PRENEZ PAS MAL, DAMOISELLE LICIA…
IL Y A UNE RAISON À CELA…
JE NE LE PRENDS PAS MAL !

SEULEMENT, JE M'INQUIÈTE !
SIEUR ARS NE RÉDIGERAIT JAMAIS DES LETTRES AUSSI IMPERSONNELLES EN TEMPS NORMAL !
EXPLIQUEZ-MOI CE QU'IL SE PASSE !
TAC
TAC
TAC
TAC

VOUS SAVEZ TOUT, MAINTE-NANT.
SIEUR ARS EST PROBA-BLEMENT ACCABLÉ…
DE NE PAS AVOIR PU PRENDRE PART AU COMBAT.
ET PLUS QUE TOUT, IL SE SENT COUPABLE DE L'AGGRAVATION DE L'ÉTAT DE SANTÉ DU SEI-GNEUR RAVEN.
QUELLE MISÉRABLE JE FAIS…
JE ME TARGUE D'ÊTRE SA FIAN-CÉE…
MAIS JE N'AI RIEN PU FAIRE, ALORS QU'IL SOUFFRAIT…

ZASH
OÙ SE TROUVE-T-IL ACTUELLEMENT ?
C'EST PROBABLEMENT ICI…
BOBOM
BOBOM
DOM
GLOUPS
EST-CE… EST-CE QUE ÇA VA ?!
OUI… POURSUIVONS…
?!

MAIS... MAIS QUE SE PASSE-T-IL À LA FIN ?!
KRR
KRIII
CLANG
CLANG
SIEUR ARS...
CLANG

!!
VLARF
SIEUR ARS...
VOTRE CORPS N'EN SUPPORTERA PAS DAVANTAGE !
REPRENONS DEMAIN !
NON...
BRR
BRR
CONTINUE.
MALGRÉ SON ÉTAT...
MON PÈRE A CONTINUÉ DE SE BATTRE AVEC BRAVOURE.
MOI AUSSI...
JE VEUX OBTENIR LA PUISSANCE NÉCESSAIRE POUR PROTÉGER LES MIENS !

JE DEVIEN-DRAI...
PLUS FORT !

TAC
TAC
DAMOI-SELLE LICIA !
VOUS N'ALLEZ PAS LUI PARLER ?
NON...
LE MOMENT EST MAL CHOISI.

?
VOUS... VOUS VOILÀ !
STAP PA
STAP PA
QUE SE PASSE-T-IL ?!
HAA
HAA
OU AH !
LE SEIGNEUR RAVEN A REPRIS CONNAISSANCE !
VRAIMENT ?
QUE... QUEL SOULAGEMENT !
OUAAAH !
JE COURS EN INFORMER SIEUR ARS !
ZASHA
TU AS RAISON !
À... À CE SUJET...

LE SEIGNEUR RAVEN SOUHAI-TERAIT D'ABORD VOUS PARLER À TOUS LES TROIS.
QUOI ?

Reincarnated as an Aristocrat
Dénicheur de talents

Reincarnated as an Aristocrat
Dénicheur de talents

...
C'EST LA PREMIÈRE FOIS QU'IL NOUS CONVOQUE TOUS EN MÊME TEMPS...
JE ME DE-MANDE BIEN POUR-QUOI...
GLOUPS
J'AI... J'AI DÛ FAIRE QUELQUE CHOSE DE MAL...
OH LÀ LÀ !
IL VA SÛRE-MENT ME GRON-DER !
ÇA NE SERT À RIEN DE COGITER.
EN-TRONS.
TCHAK
ガチャッ
CHAR-LOTTE, STOP !
FRAPPE AVANT D'EN-TRER !

29e Chapitre

La requête d'un père

JE L'AI JAMAIS VU AUSSI BIZARRE…
C'EST À CAUSE DU COMA ?
CHARLOTTE !
BIEN, ÉCOUTEZ-MOI.
À PARTIR DE MAINTENANT, CE N'EST PAS EN TANT QUE SEIGNEUR QUE JE M'ADRESSERAI À VOUS.
QU'ENTENDEZ-VOUS PAR LÀ ?
DITES-MOI…
QUE PENSEZ-VOUS DE VOTRE VIE AU DOMAINE ?

PAR RAPPORT À CELLE QUE J'AVAIS AVANT, C'EST LE PARADIS.
M... MOI, JE LA TROUVE TRÈS AGRÉABLE !
JE ME SENS COMME CHEZ MOI, ICI.
JE VOIS...
JE VOUS AI TOUS CONVOQUÉS ICI...
CAR JE DOIS VOUS INFOR-MER D'UNE CHOSE IM-PORTANTE...
JE VAIS...
BIENTÔT MOURIR.

NE DITES PAS CELA !
JE CONNAIS MON CORPS MIEUX QUE QUICONQUE ...
ALORS, ÉCOUTEZ-MOI...
TANT QU'IL EN EST ENCORE TEMPS.
...
J'ÉTAIS VRAIMENT DUBITATIF...
QUAND ARS VOUS A AMENÉS ICI LA PREMIÈRE FOIS...

D'ABORD TOI, RIETZ, UN MAR-CAÏEN…
PUIS UNE JEUNE FILLE, CHARLOTTE …
ET ENFIN TOI, ROSELL, UN PETIT GARÇON D'À PEINE CINQ ANS.
CEPENDANT, VOUS VOUS ÊTES TOUS RÉVÉLÉS EXCEPTION-NELS…
AU POINT DE DEVENIR AUJOURD'HUI LES PILIERS DE CE DOMAINE.
JE VOUS SUIS RECONNAIS-SANT D'AVOIR REJOINT LA MAISON LOUVENT…
JE SUIS FIER DE VOUS.

J'AI DONC UNE REQUÊTE À VOUS FAIRE...
QUI NE CONCERNE...
NUL AUTRE QU'ARS.
C'EST PROBABLEMENT CRUEL DE TRANSMETTRE MON TITRE DE SEIGNEUR À CE PETIT AUSSI BRUSQUEMENT...
CAR IL N'A PAS ENCORE LA FORCE SUFFISANTE POUR PARTIR AU COMBAT.
MAIS CE N'EST QU'À L'ARTICLE DE LA MORT QUE JE ME RENDS COMPTE DE TOUS MES MANQUEMENTS ENVERS LUI.
J'AURAIS DÛ L'EMMENER SUR LE CHAMP DE BATAILLE QUAND J'EN ÉTAIS ENCORE CAPABLE...
ET LUI APPRENDRE LA DURE RÉALITÉ DE CE MONDE TANT QUE J'ÉTAIS EN MESURE DE LE PROTÉGER MOI-MÊME.
MALHEUREUSEMENT, IL EST TROP TARD À PRÉSENT.
KRR
JE COMPTE DONC SUR VOUS...

SOUTENEZ ARS...
À MA PLACE.
CE N'EST PAS À TITRE DE MAÎTRE QUE JE VOUS ADRESSE CETTE REQUÊTE...
MAIS EN TANT QUE PÈRE.
CET ENFANT EST AIMÉ DE SES SUJETS...
ET IL POSSÈDE LA RARE CAPACITÉ DE VOIR AU-DELÀ DES APPARENCES, COMME VOUS EN TÉMOIGNEZ.
MON AMOUR POUR LUI ME FAIT SANS DOUTE MANQUER UN PEU D'OBJECTIVITÉ...
MAIS APRÈS TOUT, C'EST MON FILS, MA FIERTÉ.

JE VOUS LE CONFIE.
JE... JE...
...
!
SANS LUI, J'AURAIS CONTINUÉ À ME BLÂMER...
ET MA FAMILLE N'AURAIT JAMAIS RÉGLÉ SES PROBLÈMES.

JE VAIS ÉTUDIER ENCORE PLUS…
POUR ÉPAULER SIEUR ARS QUI M'A DONNÉ CONFIANCE EN MOI !
HONNÊTEMENT, JE PIGE PAS GRAND-CHOSE À CES HISTOIRES DE TERRITOIRE…
MAIS MOI AUSSI, JE SOUHAITE BÂTIR LE MÊME AVENIR QUE LUI.
IL A DONNÉ UN SENS À MA VIE.
ALORS, PAS BESOIN DE DEMANDER …
JE NE COMPTAIS SERVIR QUE LUI ET PERSONNE D'AUTRE.

TAC
コツ…
SI DES MISÉRABLES OSENT SE METTRE EN TRAVERS DE SON CHEMIN…
JE SERAI TOUJOURS LE DERNIER DEBOUT POUR LES COMBATTRE.
JE JURE DE PROTÉGER SIEUR ARS, QUITTE À EN MOURIR.
ÇA, JE NE LE PERMETTRAI PAS.
RESTE PLUTÔT EN VIE POUR LE DÉFENDRE.
SEIGNEUR RAVEN…
…

NOUS VOUS REMERCIONS INFINIMENT...
DE NOUS AVOIR ACCEPTÉS TELS QUE NOUS SOMMES !

JE VOUS EN PRIE…
BADAM
!
J'AIMERAIS VOUS DEMANDER UNE FAVEUR, SEIGNEUR RAVEN…
DAMOISELLE LICIA, LA FIANCÉE DE SIEUR ARS, EST PRÉSENTE, ELLE AUSSI.
LUI ACCORDERIEZ-VOUS UNE AUDIENCE ?

ガチャッ
TCHAK
GLOUPS
!
DAMOI-SELLE LICIA.
VOUS SOUHAITIEZ RENCON-TRER LE SEIGNEUR RAVEN, N'EST-CE PAS ?
IL VOUS AT-TEND.
MERCI.

TOC TOC
TCHAK
EXCUSEZ-MOI DE VOUS DÉRANGER.
ENCHANTÉE, SEIGNEUR RAVEN.
JE M'APPELLE LICIA PLEIDE.
PARDONNEZ-MOI DE ME PRÉSENTER EN DE TELLES CIRCONSTANCES.
C'EST PLUTÔT À MOI DE M'EXCUSER DE TE RECEVOIR DANS CET ÉTAT.
...
TE SOUVIENS TU DE NOTRE PREMIÈRE RENCONTRE ?
?
NOUS NOUS SOMMES DÉJÀ RENCONTRÉS AUPARAVANT ?
OUI.
APRÈS TOUT, C'EST MOI QUI SOUHAITAIS QUE TU DEVIENNES...
LA FIANCÉE D'ARS.

LA PREMIÈRE FOIS QUE JE T'AI VUE…
JE T'AI TROUVÉE EXTRÊMEMENT MATURE.
OUAAAAH !
OUIIIIIIN ! J'AI FAIM !
TU POURRAS MANGER APRÈS.
OUAAH!
POUR L'INSTANT, SOIS SAGE.

J'AI AUSSITÔT COMPRIS ...
QUE TU POSSÉDAIS UNE PROFONDE BONTÉ EN TOI.
JE ME SOUVIENS TRÈS BIEN...
AVOIR SOUHAITÉ UNE FILLE AUSSI REMARQUABLE QUE TOI AUPRÈS DE MON FILS.
SEIGNEUR RAVEN...
LICIA.
LA MAISON LOUVENT NE POSSÈDE QU'UN PETIT DOMAINE...
ET ARS NE PARAÎT PEUT-ÊTRE PAS TRÈS FIABLE, MAIS...
AU CONTRAIRE !

JE RECONNAIS…
QUE SA GENTILLESSE POURRAIT S'AVÉRER ÊTRE UNE FAIBLESSE.
TOUTEFOIS…
SIEUR ARS…
S'EFFORCE ACTUELLEMENT DE LA SURMONTER….
POUR SE HISSER À VOTRE NIVEAU !

JE VOIS...
TU L'AIMES...
N'EST-CE PAS ?
FRRT
FRRT

OUI...
DE TOUT MON CŒUR.
JE T'EN REMER-CIE.
APPELLE-LE POUR MOI.

Reincarnated as an Aristocrat

Dénicheur de talents

Reincarnated *as an* *Aristocrat*

Dénicheur de talents

ガチャン…
TCHAK
VOUS AVEZ ÉTÉ REMARQUABLE.
LE SEIGNEUR RAVEN…
SOUHAITE QUE VOUS APPELIEZ SON FILS.

...
ENTENDU.
ATTENDEZ, RIETZ...
MERCI POUR VOTRE SOLLICI-TUDE.
JE VOUS EN PRIE.

ダンッ
DAM
ダンッ
DAM

30e Chapitre
L'ultime conversation

パタパタパタ…
TAP TAP TAP
TOC TOC
ガチャッ
TCHAK
PÈRE !
VOUS AVEZ REPRIS CONNAIS-SANCE... QUEL SOU-LAGEMENT !
VOUS ÊTES RESTÉ INCONSCIENT UN LONG MOMENT, COMMENT VOUS SENTEZ-VOUS ?

...
DÉSOLÉ DE T'AVOIR CONVOQUÉ À UNE HEURE PAREILLE.
...
AH, EUH...
J'AI FAIT DES RECHERCHES SUR VOTRE MALADIE PENDANT QUE VOUS ÉTIEZ PARTIS AU FRONT.
J'AI QUELQUES HERBES MÉDICI-NALES À VOUS FAIRE TESTER.
AH !
J'AI AUSSI ENTENDU PARLER D'UN EXCELLENT MÉDECIN DANS LA PROVINCE VOISINE.
J'ESPÈRE VOUS REVOIR RAPIDEMENT SUR PIED POUR...

TU AS
BIEN
GRANDI.

J'AVAIS À PEU PRÈS TON ÂGE…
QUAND J'AI DÉCIDÉ DE DEVENIR SOLDAT.
JE NE SUIS PAS ORIGINAIRE DE LAMBERG…
MAIS D'UN VILLAGE RURAL DANS UN COIN DE MISSIAN.
SON SEIGNEUR ÉTAIT UN TYRAN QUI PRÉLEVAIT DE LOURDES TAXES…
ET FORÇAIT LES VILLAGEOIS À VIVRE DANS LA PAUVRETÉ.
CETTE VIE M'INSUPPORTAIT…
ALORS J'AI FUI POUR LA VILLE, À L'ÂGE DE DIX ANS.

LE GOUVERNEUR DE MISSIAN ÉTAIT JUSTEMENT DE VISITE, CE FAMEUX JOUR.
JE CROIS QU'IL AVAIT ÉTÉ INVITÉ À UNE FÊTE PAR LE SEIGNEUR LOCAL.
MES SOUVENIRS SONT UN PEU FLOUS, MAIS JE ME RAPPELLE PARFAITEMENT UNE CHOSE.
J'AI EU UN CHOC.

JUSQU'ALORS, JE N'AVAIS CONNU DE LA NOBLESSE QUE LE SEIGNEUR CORROMPU DE MON VILLAGE.
VOIR DE MES PROPRES YEUX LA GRANDEUR ET LA NOBLESSE DU GOUVERNEUR A FORTEMENT FAIT BATTRE MON CŒUR…
ET J'AI DÉCIDÉ QU'UN JOUR, JE DEVIENDRAIS SON ÉGAL ET UN GUERRIER ACCOMPLI, CAPABLE DE MENER DES TROUPES.
PAR LA SUITE, J'AI APPRIS À MANIER L'ÉPÉE PAR MOI-MÊME, PUIS JE ME SUIS ENGAGÉ DANS L'ARMÉE.
J'AI COMBATTU AVEC ACHARNEMENT. MES FAITS D'ARMES M'ONT VALU D'ÊTRE PROMU PAR LE PRÉFET PYRES…
ET SANS VRAIMENT M'Y ATTENDRE, JE SUIS DEVENU SEIGNEUR.
QUE LE TEMPS PASSE VITE.

...
MES VASSAUX, MES SUJETS, MA FAMILLE...
TOUS CEUX QUI VIVENT À LAMBERG REPRÉSENTENT MON PRÉCIEUX TRÉSOR.
J'AI CONSACRÉ MA VIE À LE PROTÉGER.
KOFF KOFF
EST-CE QUE ÇA VA ?!
ARS...
TU SEMBLES TE SENTIR RESPONSABLE DE MON ÉTAT...
MAIS TU AS TORT.

J'AI CHOISI DE VIVRE AINSI.
TU N'AS DONC PAS LA MOINDRE RAISON DE TE SENTIR COUPABLE.
KRR
PÈRE...
JE...
ARS !

JE TE CONFIE MA SUCCESSION.
JE COMPTE SUR TOI...

D'ACCORD.
TON VISAGE ME PARAÎT DÉJÀ PLUS MATURE.
AU FINAL, ÊTRE MON HÉRITIER N'AURA JAMAIS ÉTÉ DE TOUT REPOS.
AU CON-TRAIRE…

ÊTRE VOTRE FILS...
M'A COMBLÉ DE BONHEUR.
TU PARLES COMME UN ADULTE, MAINTENANT ...
MAIS DIS-MOI PLUTÔT, QU'EST-CE QUE ÇA DONNE AVEC LICIA ?
QUOI ?!

NOUS AVONS ENSUITE PASSÉ LA NUIT…
À DISCUTER ENSEMBLE.

PÈRE EST DÉCÉDÉ ...
AU PETIT MATIN.

Reincarnated as an Aristocrat
Dénicheur de talents

GWOOO
KREIZ.
REN.
APPRO-
CHEZ.

31e Chapitre
La succession

GWOOO
ゴオオ…

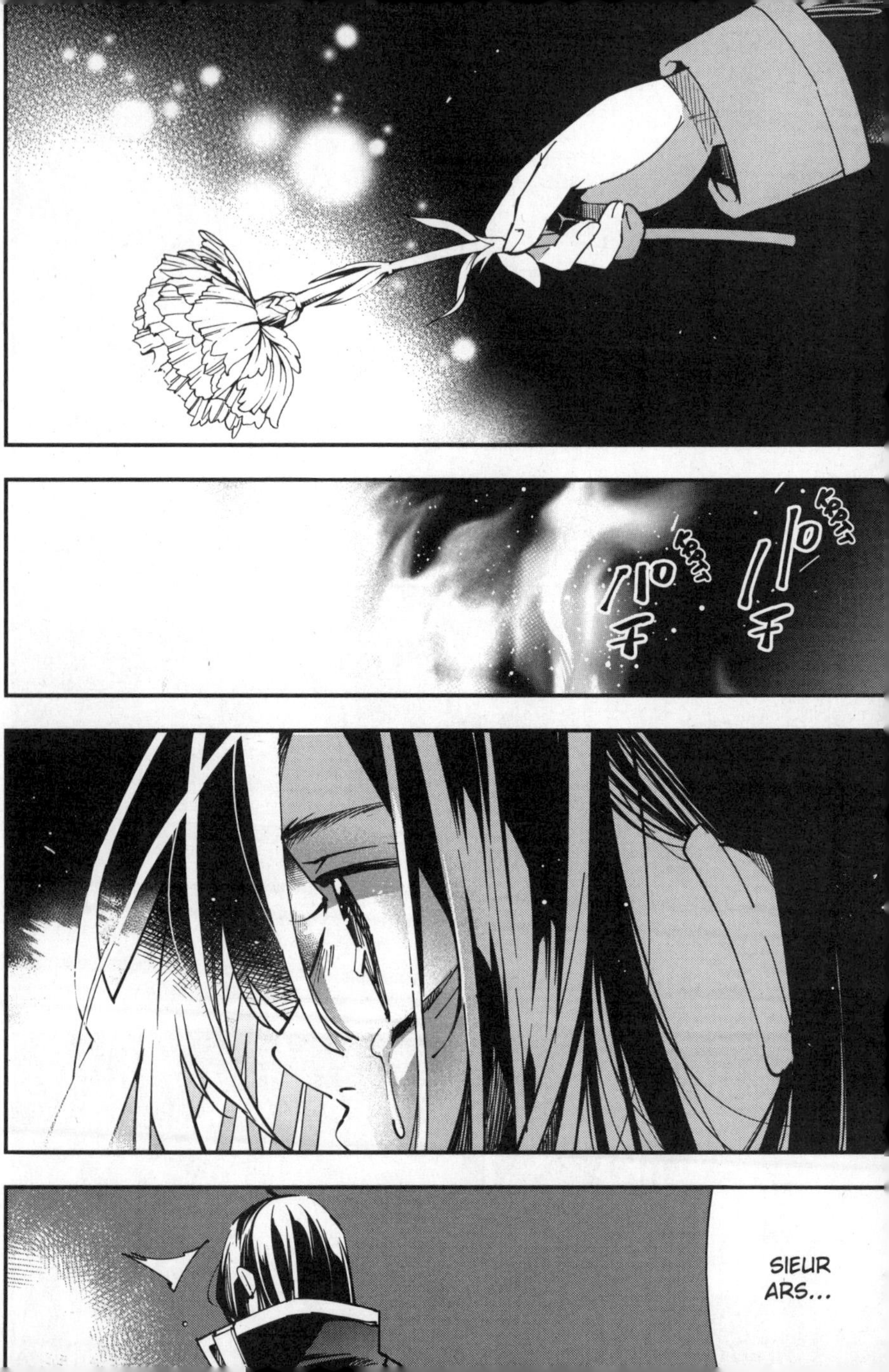
KRPTT
KRPTT
SIEUR
ARS...

VEUILLEZ VOUS ADRESSER À L'ASSEMBLÉE.
KRPTT
KRPTT
MON PÈRE...
M'A APPRIS ÉNORMÉMENT DE CHOSES.
IL ÉTAIT PLUS FORT QUE N'IMPORTE QUI ET PERSONNE NE SE PRÉOCCUPAIT PLUS DE LAMBERG QUE LUI.
C'ÉTAIT UN HOMME ADMIRABLE.

HIER...
J'AI LONGUEMENT PARLÉ AVEC LUI...
JUSQU'À SES DERNIERS INSTANTS.
IL M'A CONFIÉ CE DOMAINE...
ET TOUS SES HABITANTS.

JE NE SUIS PAS...
AUSSI FORT QUE MON PÈRE.
CEPENDANT...
SKRRR
JE JURE DE VEILLER SUR VOUS PLUS QUE N'IMPORTE QUI...
ET DE VOUS PROTÉGER À SA PLACE.
EN RETOUR...

JE SOLLICITE VOTRE SOUTIEN À TOUS !

É... ÉVIDEMMENT QU'ON VOUS SOUTIENDRA !
WOOOAH !
JE FERAIS N'IMPORTE QUOI POUR VOUS, SIEUR ARS !
IL A RAISON !
AVEC VOUS, TOUT IRA BIEN, SIEUR ARS !
WOO AH !
ON VEILLERA SUR VOUS POUR LE SEIGNEUR RAVEN AUSSI !
UN, DEUX...
COURAGE SIEUR ARS !
WOOOOAH !

VOOOM
EST-CE QUE ÇA VA ?!
C'ÉTAIT PAS GRAND-CHOSE.
JE PEUX ENCORE ME BATTRE.
STT
REPOSE-TOI, CHARLOTTE.
C'EST QUAND ARS SERA SUR LE CHAMP DE BATAILLE...
QU'IL FAUDRA TOUT DONNER.
TU PEUX COMPTER SUR MOI, RAVEN.

BRE
ガタ
BRE
ガタ
BRE
ガタ
SNIFFL
TU ÉTUDIES ENCORE À CETTE HEURE-CI ?
GLOUPS
AH... EUH... C'EST-À-DIRE QUE...
J'AIMERAIS ÊTRE UTILE À SIEUR ARS LE PLUS VITE POSSIBLE...

FWASH
TU ES ENCORE UN ENFANT.
TU AS LE TEMPS DE PROGRESSER.
N'EN FAIS PAS TROP.
PRENDS LE TEMPS DE GRANDIR AVEC ARS, MON GARÇON.
SUR CE, JE VAIS PRENDRE CONGÉ.
LICIA...

RESTE AU PLUS PRÈS D'ARS...
POUR LE SOUTENIR.
SEIGNEUR RAVEN.
VEUILLEZ PARDONNER CES PROPOS INAPPROPRIÉS EN DE TELLES CIRCONS-TANCES.
SEULE-MENT...

JE SUIS EXTRÊME-MENT HEU-REUSE...
DE ME TROUVER ICI MÊME EN CET INSTANT.

MERCI…
À TOUS.
PÈRE…
VEILLEZ SUR NOUS, DE LÀ OÙ VOUS ÊTES.
GWOOO
ゴオッ
SSSH
すー…

À PARTIR D'AUJOURD'HUI, C'EST À MOI, ARS LOUVENT...
DE PRENDRE LA TÊTE DE LA MAISON LOUVENT !

ZAT
ZASH
ZAT

ICI COM-
MENCE...
LA LÉGENDE
DE LA MAISON
LOUVENT.

Reincarnated as an Aristocrat

Dénicheur de talents

Reincarnated as an Aristocrat

Dénicheur de talents

32e Chapitre
La nouvelle génération

SIEUR ARS !
VOTRE HÔTE EST ARRIVÉ !
QUE DÉCIDEZ-VOUS POUR LE NOUVEAU PLAN ALIMENTAIRE DU DOMAINE ?
PLUSIEURS VOLONTAIRES SE SONT ÉGALEMENT PRÉSENTÉS À LA PORTE...
C'EST... C'EST UNE CATASTROPHE !
UNE BÊTE FÉROCE EST APPARUE PRÈS DU VILLAGE !
FRASH
HFF
HFF
EN... ENTENDU !
JE M'EN OCCUPE TOUT DE SUITE !

TROIS MOIS ONT PASSÉ DEPUIS LA MORT DE MON PÈRE.
JE JOUERAI AVEC TOI APRÈS, REN. POUR L'INSTANT, JE DOIS…
AH, KREIZ !
SUBMERGÉ PAR MES NOUVELLES TÂCHES DE SEIGNEUR, JE N'AI MÊME PAS EU LE TEMPS DE FAIRE MON DEUIL.
QUAND JE PENSE QUE MON PÈRE GÉRAIT TOUT CE TRAVAIL SEUL, EN PLUS DES BATAILLES.
JE RÉALISE À NOUVEAU À QUEL POINT C'ÉTAIT UN GRAND HOMME…
JE M'INCLINE DEVANT SON DÉVOUEMENT.
CECI DIT…
SIEUR ARS !

JE ME CHARGE DES VOLONTAIRES !
LAISSEZ-MOI M'OCCUPER DU PLAN ALIMENTAIRE !
PAS LE CHOIX…
JE VAIS RÉGLER CE PROBLÈME DE BÊTE FÉROCE.
ALLEZ !
VENEZ LES JUMEAUX, ON VA PRENDRE LE GOÛTER !
RIETZ, ROSELL, CHARLOTTE ET LES DOMESTIQUES M'APPORTENT LEUR SOUTIEN.
UN GRAND MERCI…
À TOUS !
JE LEUR EN SUIS VRAIMENT RECONNAISSANT.

JE M'EFFORCE ÉGALEMENT D'ÉCHANGER DAVANTAGE AVEC MES SUJETS, EN ÉCOUTANT TOUT CE QU'ILS ONT À ME DIRE.
DE PLUS, JE CONSULTE RÉGULIÈREMENT RIETZ ET ROSELL...
AU SUJET DE L'AMÉNAGEMENT DU DOMAINE ET DU DÉVELOPPEMENT DE LA VILLE.
SHHHHH
JE NE SERAI JAMAIS L'ÉGAL DE MON PÈRE...
MAIS JE TÂCHERAI DE FAIRE MON POSSIBLE, À MA MANIÈRE.
SHHHH
SIEUR ARS !

NOUS N'ALLONS PAS TARDER À PARTIR.
TRÈS BIEN !
JE SUIS NAVRÉ POUR RAVEN.

C'ÉTAIT UN HOMME EXTRÊMEMENT TALENTUEUX...
QUI BRILLAIT PLUS QUE QUICONQUE SUR LE CHAMP DE BATAILLE.
PRIONS EN SON HONNEUR.
TAC
POUR REMPLACER NOTRE COMPAGNON DÉCÉDÉ...

C'EST SON FILS, ARS...
QUI PRENDRA LA SUCCESSION DE LA MAISON LOUVENT.
À TOI...
ARS.
VLUT
JE SUIS ARS LOUVENT, LE NOUVEAU SEIGNEUR DE LAMBERG.
J'AI ENCORE BEAUCOUP À APPRENDRE, MAIS JE FERAI DE MON MIEUX POUR REMPLIR MON RÔLE !
...
TU AS PRIS DE L'AS-SURANCE DEPUIS NOTRE DERNIÈRE ENTREVUE.
JE COMPTE SUR TOI.

ARS…
POF
TU SERAS NOTRE ÉGAL, DÉSORMAIS. NOUS ATTENDONS DE GRANDES CHOSES DE TOI.
D'ACCORD !
TAC
TAC
CRUSH
ET MAIN-TENANT…
ENTRONS DANS LE VIF DU SUJET.

COURAN ET VASMARQUE AVAIENT INSTAURÉ UNE TRÊVE JUSQU'À PRÉSENT.
COMME JE L'AI INDIQUÉ DANS MA MISSIVE...
SON EXCELLENCE COURAN, NOTRE ALLIÉ, A FINALEMENT LEVÉ SES TROUPES DU FRONT.
LORS DE LA DERNIÈRE BATAILLE, NOUS AVONS PU REPOUSSER SANS ENCOMBRE L'ARMÉE DE SEITZ, GRÂCE AUX EXPLOITS DE LA MAISON LOUVENT...
ET AINSI EMPÊCHER NOS ENNEMIS EXTÉRIEURS DE TENTER QUOI QUE CE SOIT AVANT UN MOMENT.
SON EXCELLENCE COURAN A DONC DÛ ESTIMER CE MOMENT PROPICE POUR ENFIN S'OCCUPER DU CAS DE SON JEUNE FRÈRE.

LES HOSTILITÉS VONT DONC COMMENCER.
METTONS LA SITUATION AU CLAIR.
EXPLIQUE-NOUS, MENAS.
BIEN !
VASMARQUE, JEUNE FRÈRE DE SON EXCELLENCE COURAN, OCCUPE ACTUELLEMENT ARCANTEZ, LA CAPITALE DE LA PROVINCE DE MISSIAN.
IL POSSÈDE PLUS DE SOLDATS ET DE RESSOURCES NATURELLES...
MAIS COMME SON EXCELLENCE GOUVERNE SEMPLAR, LA CITÉ COMMERCIALE...
NOUS GARDONS UN AVANTAGE ÉCONOMIQUE SUR SON CADET.
ARCANTEZ
LAMBERG
SEMPLAR
PROVINCE DE MISSIAN
LA PUISSANCE MILITAIRE DE CES DEUX VILLES EST À PEU PRÈS ÉGALE.
LA VICTOIRE SE DÉCIDERA DONC EN FONCTION DES ALLIANCES QUI SERONT NOUÉES AVEC LES DISTRICTS LIMITROPHES.
SON EXCELLENCE COURAN TENTE ACTUELLEMENT DE NÉGOCIER EN CE SENS AVEC SES VOISINS...

SEULEMENT, LE DISTRICT DE PLENA, SITUÉ À L'OUEST, RESTE LE SEUL À SE MONTRER RÉTICENT.
SA POSITION GÉOGRAPHIQUE LUI INDIQUERAIT DE SOUTENIR COURAN SOUS PEINE D'ÊTRE COMPLÈTEMENT ENCERCLÉ PAR L'ENNEMI...
PLENA
POURTANT, IL SEMBLE INSISTER POUR RESTER FIDÈLE À VASMARQUE.
LE TERRITOIRE DE PLENA EST PETIT ET SON ARMÉE EST FAIBLE...
MAIS C'EST LE CHEMIN LE PLUS COURT POUR ATTEINDRE LA CAPITALE ARCANTEZ, À L'EST.
EN D'AUTRES TERMES, SANS PRENDRE LE CONTRÔLE DE CETTE ZONE, IL NOUS SERAIT IMPOSSIBLE DE RAVITAILLER EFFICACEMENT NOS TROUPES AU FRONT.
IL VA SANS DIRE QUE CELA RÉDUIRAIT DRASTIQUEMENT NOS CHANCES DE REMPORTER LE CONFLIT.
PLENA EST UN POINT STRATÉGIQUE CRUCIAL...
JE VEUX ABSOLUMENT METTRE LA MAIN DESSUS AVANT QUE LA GUERRE NE SE GÉNÉRALISE.

J'AURAIS PRÉFÉRÉ LES RALLIER À NOTRE CAUSE SANS AFFRONTEMENT INUTILE...
MAIS LEUR SILENCE NE ME LAISSE PLUS LE CHOIX.
NOUS PRENDRONS DONC DE FORCE...
LE CONTRÔLE DE PLENA.
EXCUSEZ-MOI...

POURRIEZ-VOUS...
NOUS ACCORDER UN PEU DE TEMPS AVANT CELA ?
!
?!
POURQUOI DONC ?
JE VOUS DEMANDE LA PERMISSION...
D'EFFECTUER UNE DERNIÈRE TENTATIVE DE PERSUASION.
?

PLENA
JE TROUVE ÉTRANGE QUE PLENA REFUSE DE NÉGOCIER EN DÉPIT DES RISQUES ENCOURUS.
DÉCOUVRIR LA RAISON DE CE REJET POURRAIT NOUS DONNER UN POINT D'ENTRÉE POUR ENGAGER DES POURPAR-LERS.
HUM...IL EST VRAI QUE JE ME QUESTION-NAIS AUSSI SUR LEUR PERPÉTUEL REFUS.
JE COM-PRENDS MIEUX...
MAIS SAURAS-TU COMMENT T'Y PRENDRE ?
OUI.
...

ENTENDU.
JE T'ACCORDE CE DÉLAI.
MERCI INFINIMENT !

Reincarnated as an Aristocrat

Dénicheur de talents

Reincarnated as an Aristocrat
Dénicheur de talents

33e Chapitre

Retrouvailles et ligne directrice

UNE FOIS LE CONSEIL DE GUERRE TERMINÉ…
NOUS NOUS SOMMES RENDUS DANS LA VILLE DE CANARRE…
POUR Y PASSER LA NUIT.
CHAR-LOOO-OTTE !

ÇA FAISAIT BELLE LURETTE QU'ON S'ÉTAIT PAS VUS !
COMMENT ÇA VA ?
OH ! VOUS AVEZ ENCORE GRANDI, LES MIOCHES !
VOUS ÉTUDIEZ BIEN AU MOINS ?
ÉVIDEMMENT !
QU'EST-CE QUE TU NOUS AS APPORTÉ, AUJOURD'HUI ?
DE LA VIANDE DE SOUX FUMÉE. ON EN ATTRAPE À LA PELLE, À LAMBERG.
VOUS VOUS LA PARTAGEREZ !
OUAIIIS ! J'ADORE ÇA !
SIEUR ARS !

JE SUIS CONTENTE DE VOUS REVOIR.
OH, C'EST VOUS !
CET ÉTABLISSEMENT EST L'ORPHELINAT QUE J'AI FAIT BÂTIR...
MERCI DE NOUS ACCUEILLIR AUJOURD'HUI.
VIUT
MAIS NON, C'EST PLUTÔT MOI QUI VOUS REMERCIE POUR TOUT CE QUE VOUS FAITES.
VIUT
POUR ACCUEILLIR LES ENFANTS SUR LESQUELS CHARLOTTE VEILLAIT. À PRÉSENT, DES PERSONNES DE CONFIANCE S'OCCUPENT D'EUX.
LES ORPHELINS TROUVÉS DANS LES ALENTOURS SONT AMENÉS ICI...
AFIN QU'ILS SOIENT PRIS EN CHARGE.
LES PETITS PROTÉGÉS DE CHARLOTTE...
VOLERONT PEUT-ÊTRE BIENTÔT DE LEURS PROPRES AILES.

ALORS, LES MIOCHES…
C'EST QUOI, LES DERNIÈRES NOUVELLES ?
JE VAIS PASSER L'EXAMEN D'ENTRÉE DE L'ARMÉE DU PRÉFET PYRES !
MOI, J'AIMERAIS BIEN ÊTRE SERVANTE AU CHÂTEAU DE CANARRE.
J'AI COMMENCÉ À TRAVAIL-LER DANS LA BOULAN-GERIE SUR LA GRANDE RUE !
MOI, J'ADORE CULTIVER LES LÉ-GUMES…
ÇA ME TENTERAIT BIEN D'AI-DER DANS UNE FERME, À LAMBERG.
JE VOIS…
SIEUR ARS !

MERCI INFINIMENT.
C'EST GRÂCE À VOUS SI NOTRE VIE A CHANGÉ.
JE N'AI PAS AGI SEUL.
JE PENSE NOTAMMENT À CHARLOTTE...
ELLE REVERSE PRESQUE TOUT SON SALAIRE POUR VOUS.
C'EST PLUTÔT ELLE QU'IL FAUDRAIT REMERCIER.
MERCI, CHARLOTTE.

AU DÉBUT, JE PENSAIS QU'ILS SERAIENT MIEUX AVEC MOI AU DOMAINE…
MAIS QUAND JE LES RE-GARDE AU-JOURD'HUI, JE RÉALISE QUE LES LAISSER ICI ÉTAIT LA BONNE DÉCISION.
C'EST VRAI QU'AVEC SA NATURE ABONDANTE, LAMBERG EST AGRÉABLE À VIVRE.
TOUTE-FOIS, J'AI TOUJOURS PENSÉ…
QU'ILS AURAIENT PLUS D'OPPOR-TUNITÉS DANS UNE GRANDE VILLE.
J'ASPIRE À CE QUE LES ENFANTS PUISSENT S'ÉPANOUIR PLEINEMENT …
ET MENER LEUR VIE COMME ILS LE SOUHAITENT.
TU AS RAISON.
SIEUR ARS !

QUEL PLAISIR DE VOUS REVOIR !
DÉSOLÉS DE TOUJOURS DÉBARQUER À L'IMPROVISTE !
LICIA ?! QUE FAITES-VOUS ICI ?!
J'AI SUIVI MON PÈRE AU CHÂTEAU DE CANARRE.
QUAND J'AI APPRIS VOTRE PRÉSENCE ICI...
J'AI TOUT DE SUITE ACCOURU POUR VOUS VOIR.
TAP TAP
MOI AUSSI, JE SUIS CONTENT DE VOUS REVOIR...
MAIS IL NE FALLAIT PAS VOUS DONNER LA PEINE DE FAIRE TOUT CE CHEMIN...
QUE... QU'EST-CE QUE JE VAIS FAIRE ?
JE N'AI RIEN PRÉPARÉ POUR L'ACCUEILLIR COMME IL SE DOIT !
...

CET ENDROIT RESPIRE LA JOIE.
TOUS CES SOURIRES D'ENFANTS...
M'INSUFFLENT TANT D'ÉNERGIE.
SHHH
IL N'Y A PAS À DIRE, LE BONHEUR ABONDE TOUJOURS AUTOUR DE VOUS, SIEUR ARS.
LICIA...
AH!

GRAP
PLIRSH
OH LÀ LÀ !
!
JE... JE SUIS DÉSOLÉ ! JE VOUS FAIS PRÉPARER D'AUTRES VÊTEMENTS SUR-LE-CHAMP !
TU AS L'AIR DE BIEN T'AMUSER, DIS-MOI...
!
ZAT

HI HI !
TU VEUX BIEN QUE JE PARTICIPE ?
ON VA JOUER AU LOUP !
KYAAH !
JE VAIS T'ATTRAPER !
TAP TAP
...
JE NE M'ÉTAIS PAS TROMPÉ SUR SON COMPTE, C'EST UNE PERSONNE MERVEILLEUSE.
ZZZ
ZZZ
BIEN...
TOC

TOUT D'ABORD, MERCI POUR VOTRE AIDE LORS DU CONSEIL, AUJOURD'HUI...
AU CHÂTEAU DE CANARRE.
COMME NOUS EN AVIONS DISCUTÉ L'AUTRE JOUR...
NOUS AVONS OBTENU L'AUTORISATION DE COLLECTER DES INFORMATIONS.
EN EFFET.
C'EST GRÂCE À VOUS DEUX.
QUELQUES JOURS PLUS TÔT...
HUM...
C'EST LOUCHE...

HEIN ? QUOI DONC ?
D'APRÈS CETTE MISSIVE, PLENA, QUI EST SITUÉE À L'OUEST, EST LA SEULE RÉGION À REFUSER DE SE RALLIER À SON EXCELLENCE COURAN…
JE TROUVE ÉTRANGE QU'ILS REJETTENT AUSSI OBSTINÉMENT LES NÉGOCIATIONS…
ALORS QU'UNE SEULE DE NOS ATTAQUES SUFFIRAIT À LES FAIRE TOMBER.
IL Y A CERTAINEMENT…
ANGUILLE SOUS ROCHE.
JE SUIS DU MÊME AVIS.
QUOI ?!
TU… TU AS UNE IDÉE DE CE QUE C'EST ?
NON, JE L'IGNORE.
LE PRÉFET PYRES ORDONNERA PROBABLEMENT D'ENVAHIR LA ZONE PENDANT LE CONSEIL DE GUERRE…
MAIS ATTAQUER À L'AVEUGLETTE POURRAIT NOUS EXPOSER À UNE CONTRE-OFFENSIVE DOULOUREUSE.
POUR MOI, IL SERAIT PRÉFÉRABLE D'AVOIR UNE VUE D'ENSEMBLE DE LA SITUATION.

JE VOIS…
JE N'AVAIS MÊME PAS ENVISAGÉ CETTE ÉVENTUALITÉ…
MAIS… COMMENT ALLONS-NOUS COLLECTER DES RENSEIGNEMENTS ?
QUE DIRIEZ-VOUS…
D'ENGAGER DES MERCENAIRES ?
"DES MERCENAIRES" ?
IL EXISTE UNE GUILDE SPÉCIALISÉE DANS LA COLLECTE D'INFORMATIONS APPELÉE "SHADOW".
MES ANCIENS COMPAGNONS D'ARMES ONT TRAVAILLÉ AVEC ELLE À PLUSIEURS REPRISES.
ON LA DIT EXTRÊMEMENT COMPÉTENTE ET TALENTUEUSE.
J'IGNORAIS L'EXISTENCE DE TELS GROUPES…
C'EST DIRE SI LES INFORMATIONS SONT PRÉCIEUSES, DANS CE MONDE.

PEUT-ON ENTRER EN CONTACT AVEC CETTE GUILDE ?
JE VAIS ESSAYER.
J'AI UNE SUGGES-TION...
POURQUOI NE PAS NOUS PROPOSER POUR CETTE MISSION...
SI LE CONSEIL DE GUERRE S'ORIENTE VERS UNE RÉPRESSION CONTRE PLENA, COMME ON LE PRESSENT ?
BONNE IDÉE.
DANS TOUS LES CAS, COMME LE DIT ROSELL, LA COLLECTE D'INFORMA-TIONS EST ESSENTIELLE.
C'EST... C'EST D'ACCORD !
NOUS SUIVRONS DONC CETTE LIGNE DIREC-TIVE !

VIVEMENT QU'ON EN FINISSE AVEC CE CONSEIL DE GUERRE...
PARCE QUE MOI, J'AI BIEN PLUS HÂTE DE REVOIR LES MIOCHES.
TU AS COMPRIS CE QU'ON VA FAIRE LÀ-BAS, AU MOINS ?
RIETZ A PU ORGANISER UNE REN-CONTRE AVEC SHA-DOW.
JE COMPTE ENCORE SUR VOUS, DEMAIN.
SIEUR ARS...
CETTE HISTOIRE M'INTRIGUE BEAUCOUP.
VOUS POURRIEZ M'EMMENER AVEC VOUS ?
QUOI ?!

NON, NON ! C'EST IMPOSSIBLE !
OH LÀ LÀ !
ET D'AILLEURS, IL SE FAIT TARD. QUE FAIT VOTRE ESCORTE ?
OH LÀ LÀ !
ELLE NE VIENDRA PAS.
QUOI ?!
J'AI INFORMÉ MON PÈRE QUE JE RESTAIS ICI.
M... MAIS...
STAM
SIEUR ARS.
J'INSISTE.
KSHAAA
ET D'AILLEURS, JE N'AI PLUS AUCUN MOYEN DE RENTRER.
UH !
C'EST... C'EST ENTENDU.
STAM
JE VAIS DEMANDER QU'ON VOUS PRÉPARE UNE CHAMBRE, DANS CE CAS...
VOUS ÊTES SÛR ?

JE PEUX TRÈS BIEN PARTAGER LA VÔTRE, POURTANT !
HI HI !
!
OH LÀ LÀ !
VOUS... VOUS N'Y PENSEZ PAS !
STAM
VIVEMENT DEMAIN !
ZUUM
ON CROIRAIT VOIR CHARLOTTE...
EST-CE QUE LES FEMMES SONT TOUTES AUSSI PRESSANTES ?!
BRR
BRR
...
JE CROIS PLUTÔT QU'ON EST EN PRÉSENCE DE SPÉCIMENS PARTICULIÈREMENT HARDIS.

34e Chapitre
Le repaire de la guilde Shadow

CUI
CUI
CUI
BONJOUR, SIEUR ARS !
T'AS BIEN DORMI ?
BON-JOUR...

LA NUIT DER-NIÈRE...
PARTA-GEONS MON LIT, D'ACCORD ?
C'EST HORS DE QUESTION, TU VIENS DANS LE MIEN !
ON... ON VA TOUS DORMIR ENSEMBLE !
DOM
...
AÏE !
RIETZ A REFUSÉ CATÉGORI-QUEMENT DE NOUS REJOINDRE.
JE N'AI PAS PU FERMER L'ŒIL DE LA NUIT...
PAREIL ...

NOUS DEVONS VOUS LAISSER…
ENCORE MERCI POUR VOTRE ACCUEIL.
JE VOUS EN PRIE, REVENEZ QUAND VOUS VOULEZ.
ON REJOUERA ENSEMBLE, D'ACCORD ?
PROMIS.
CHAR-LOTTE.
MERCI POUR TOUT CE QUE TU AS FAIT POUR NOUS JUSQU'À PRÉSENT.
ON NE SERA PEUT-ÊTRE PLUS LÀ, À TA PROCHAINE VISITE…
MAIS SOIS CERTAINE QU'ON FERA DE NOTRE MIEUX POUR LA SUITE !
COM-PRIS…
C'EST TRÈS PROMET-TEUR.

ELLE A L'AIR DE BONNE HUMEUR.
C'EST VRAI.
AU FAIT...
OÙ VA-T-ON RENCONTRER LA GUILDE SHADOW ?
DANS UNE TAVERNE EN PÉRIPHÉRIE...
C'EST LEUR REPAIRE À CANARRE.
EN TOUT CAS, BRAVO D'AVOIR PU ENTRER EN CONTACT.
J'AI FAIT JOUER MES ANCIENNES RELATIONS, SANS GRAND ESPOIR...
ET À MA GRANDE JOIE, CELA A FONCTIONNÉ.

C'EST VRAI QUE TU AS FAIT PARTIE D'UNE GUILDE, TOI AUSSI…
IL ME SEMBLE QUE DES MERCENAIRES PEUVENT FAIRE APPEL À D'AUTRES POUR DES MISSIONS SPÉCIFIQUES, N'EST-CE PAS ?
OUI, CHAQUE GUILDE A UN TRAVAIL DIFFÉRENT.
SI LA MIENNE COMBATTAIT AU GRAND JOUR…
CELLE DE SHADOW S'OCCUPE PLUTÔT DES TÂCHES EN COULISSE.
NOTAMMENT LA COLLECTE D'INFORMATIONS, LE SABOTAGE, ET PARFOIS MÊME, DES ASSASSINATS.
DES… DES ASSASSINATS ?!
MAIS ELLE DOIT ÊTRE EXTRÊMEMENT DANGEREUSE, ALORS…
CECI DIT, UNE CHOSE ME PRÉOCCUPE…

LE CHEF DE SHADOW A RÉCEMMENT CHANGÉ.
IL SERAIT APPAREMMENT TRÈS JEUNE.
BOBOW
Même si je suis mal placé pour parler...
EUH... TU CRAINS QU'IL SOIT MOINS EFFICACE ?
BIEN AU CONTRAIRE.
IL PARAÎT QU'IL EST TRÈS COMPÉTENT...
ET QU'IL AURAIT RENDU SA GUILDE PLUS PUISSANTE QUE JAMAIS.
SI JEUNE ET SI TALENTUEUX ? CELA FORCE LE RESPECT.
BOBOW
CO... COMME VOUS DITES !
MAIS QU'EST-CE QUI TE TRACASSE, ALORS ?
EH BIEN...

D'APRÈS LES RUMEURS, CE NOUVEAU CHEF…
N'ACCEPTE QUE LES MISSIONS QUI L'INTÉRESSENT.
QUOI ?!
ET SI ON LUI PROPOSAIT UNE RÉCOMPENSE PLUS ÉLEVÉE ?
CELA NE SEMBLE PAS LIÉ À L'ARGENT, MALHEUREUSEMENT.
QUEL TYPE DE REQUÊTE POURRAIT LUI PLAIRE, SELON TOI ?
JE N'EN SAIS ABSOLUMENT RIEN…
JE… J'ESPÈRE QUE ÇA IRA…
LE PRÉFET PYRES COMPTE SUR NOUS.
JE DOIS TOUT FAIRE POUR QUE CE MERCENAIRE ACCEPTE !
NOUS SOMMES ARRIVÉS, C'EST ICI.

SOYEZ LES BIENVENUS ! ♡
!

QU'IL EST MIGNON, CE PETIT !
ON A DU JUS DE FRUITS, SI TU VEUX.
OH LÀ LÀ !
OH LÀ LÀ !
AH, EUH... D'ACCORD...
DÉSOLÉ...
MAIS ON EST BLINDÉS, LÀ. RETOURNEZ D'OÙ VOUS VENEZ.
QUOI ?!
MAIS C'EST POURTANT ICI QU'ON A RENDEZ-VOUS...
NE VOUS INQUIÉTEZ PAS.

"LA LUMIÈRE S'ESTOMPE ...
POUR LAISSER PLACE À L'OMBRE."
...
ON DIRAIT QU'UNE TABLE VIENT DE SE LIBÉRER ...
INSTALLEZ-VOUS TOUT AU FOND.
QUOI ?!
QUELLE CHANCE NOUS AVONS.
IL VIENT D'UTILISER UN CODE SECRET ?!
LA CLASSE !
ガタッ
TAC

HAA... J'AI LA DALLE.
ZUUM
BRE
.....
QU'EST-CE QU'ILS ONT À NOUS FIXER COMME ÇA, EUX ?
JE PEUX LES CRA-MER ?
NON, RETIENS TOI.

OK, TANT PIS.
COMMANDONS PLUTÔT UN TRUC À MANGER, ALORS.
BONNE IDÉE.
EXCUSEZ-MOI !
JE ME DEMANDE À QUOI PEUT RESSEMBLER CE FAMEUX CHEF…
HMM…
…

SHADOW EST UNE GUILDE DE MERCENAIRES SPÉCIALISÉE DANS LA COLLECTE D'INFORMATIONS...
ELLE NE SE CONTENTERA PROBABLEMENT PAS D'ENQUÊTER SUR LA CIBLE, ELLE RISQUE DE S'INTÉRESSER AUSSI AU COMMANDITAIRE...
AUTREMENT DIT...
ON EST PEUT-ÊTRE EN TRAIN DE NOUS OBSERVER...
ARS !
NE FAIS PAS ATTENDRE LA PETITE SERVEUSE !
AH !
AH, DÉSOLÉ !
EUH... VOYONS VOIR...
AH... JE PRENDRAI UN JUS DE....

?
QUELQUE CHOSE NE VA PAS ?

AH...
NON, NON... CE N'EST RIEN...
UN JUS DE FRUITS, S'IL VOUS PLAÎT !
TOUT DE SUITE !
BOBOM
ドキ
BOBOM
ドキ
BOBOM
JE VAIS FAIRE UN TOUR AUX TOI-LETTES...
ガタ...
...

QU'EST-CE QUE ÇA VEUT DIRE ?
MA COMPÉTENCE D'ANALYSE EST DÉTRAQUÉE ?
HM...
RIETZ MUSES - ÂGE : 23 ANS ♂
STATISTIQUES
ACTUELLES MAXIMUM
COMMANDEMENT 96 99
BRAVOURE 90 90
SAGESSE 96 99
DIPLOMATIE 91 100
AMBITION 21
APTITUDES
FANTASSIN A CAVALIER S ARCHER A
MAGE C BÂTISSEUR S ARMURIER A
MARIN D PILOTE C STRATÈGE S
ON NE DIRAIT PAS...
POURTANT...

UN MAXIMUM DE 92 EN BRAVOURE …
ET DE 90 EN SA-GESSE…
C'EST PHÉNOMÉNAL !
ACTUELLES
COMMANDEMENT 33 44
BRAVOURE 91 92
SAGESSE 87 90
DIPLOMATIE 22 23
AMBITION 45
APTITUDES
FANTASSIN A CAVALIER C ARCHER S
MAGE A BÂTISSEUR C ARMURIER A
MARIN D PILOTE C STRATÈGE B
SURTOUT POUR UN HOMME…
DE SEULEMENT 22 ANS ?!
HÉ, TOI…

COMMENT AS-TU SU…
QUE JE SUIS LE CHEF DE LA GUILDE SHADOW ?

Reincarnated
as an Aristocrat
Dénicheur de talents

35e Chapitre
Le vrai visage du chef de la guilde Shadow

ARS LOUVENT.
C'EST TOI QUI VEUX ME CONFIER UNE MISSION, N'EST-CE PAS ?
COMMENT AS-TU SU...
QUE JE SUIS LE CHEF DE LA GUILDE SHADOW ?
JE N'AI PAS DU TOUT SENTI SA PRÉSENCE...
ET COMMENT A-T-IL DEVINÉ QUE JE L'AVAIS DÉMASQUÉ ?!
BOOOM !!!
BOOOM...
EN TOUT CAS, J'AVAIS VU JUSTE...

RÉ-PONDS !
プス
FSS :
OUAAAH !
!
ヒュンッ
WUSH
カッ
SHTAK
HM ?

ZASH
RIETZ !
SIEUR ARS, RECULEZ !
CLING
CLING
GRAP

SAIS-TU SEULEMENT ...
À QUI TU AS OSÉ T'EN PRENDRE ?
ZASH
QUELLE SUR-PRISE...

JE TE PRENAIS POUR UN PETIT FILS À PAPA, MAIS TU AS SU APPELER DES RENFORTS.
JE N'AI POURTANT VU AUCUN SIGNAL... TU AS UTILISÉ DE LA MAGIE ?
QUOI ?!
MAIS NON... JE N'Y SUIS POUR RIEN, MOI !
RI... RIETZ ! POURQUOI ES-TU VENU À MON SECOURS ?
DIS DONC, VOUS !
ÉVITEZ DE SOUS-ESTIMER SIEUR ARS, VOUS VOULEZ BIEN ?
LICIA ?!
Ce sont les toilettes des hommes ici...

…
TAC TAC
VOILÀ QUI EST BIEN EMBÊTANT…
VOUS AVEZ EU L'AUDACE DE POINTER UN POIGNARD SUR LE SIEUR ARS…
APRÈS UN TEL AFFRONT, LA MOINDRE DES CHOSES SERAIT D'ACCEPTER SA REQUÊTE.
TAC TAC
HI HI !
N'EST-CE PAS …
CHER CHEF DE GUILDE ?

CO… COMMENT A-T-ELLE SU ?!
ET SI JE REFUSE ?
PLUS IL Y AURA DE PERSONNES QUI SAURONT QUI JE SUIS, PLUS MON TRAVAIL DEVIENDRA COMPLIQUÉ.
NYARK
ET SI JE ME DONNAIS À FOND, JE SERAIS PARFAITEMENT CAPABLE DE TUER CE PETIT GARS AVANT DE M'ENFUIR, VOUS SAVEZ ?
ME… ME TUER ?!
MOI ?!
OH LÀ LÀ !
NON…
PFF…
VOUS N'AVEZ PAS LA MOINDRE CHANCE.

TANT QUE RIETZ SERA ICI…
VOUS POURREZ TOUT AU PLUS SAUVER VOTRE PEAU.
ET CELA…
PERSONNE NE LE SAIT MIEUX QUE VOUS.
LA DISCUSSION PREND UNE SACRÉE TOURNURE !
BRR
BRR
BRR

ET SI JE REFUSE, MALGRÉ TOUT ?
MON CHER CHEF...
SACHEZ QUE JE SUIS TRÈS EN COLÈRE.
VOUS VENEZ DE DIRE QUE VOUS POURRIEZ TUER SIEUR ARS.
MAIS SI VOUS OSEZ COMMETTRE UN TEL ACTE...
JE VOUS POUR-SUIVRAI JUSQU'AU BOUT DU MONDE...
POUR METTRE FIN À VOTRE EXIS-TENCE.
ELLE ME FAIT FLIPPER !

HÊ HÊ HÊ !
OUAH !
OUAH HA HA HA !
C'EST QU'ELLE ME FERAIT PEUR, LA DEMOISELLE !
カラ
CLANG
C'EST BON, JE M'EXCUSE ! JE N'AURAIS PAS DÛ ALLER SI LOIN.
SACHEZ QUE VOUS N'AUREZ PAS DE SECONDE CHANCE...
PIGÉ, MAIS AVANT DE PARLER AFFAIRES, J'AIMERAIS SAVOIR UNE CHOSE...
COMMENT AS-TU PU ME DÉMASQUER ?
MON DÉGUISEMENT SEMBLAIT PARFAIT, POURTANT.

…
JE POSSÈDE UNE CAPACITÉ D'ANALYSE…
QUI ME PERMET DE VISUALISER LES APTITUDES D'AUTRUI.
C'EST DIFFICILE À CROIRE…
IL EN FAUDRA PLUS POUR ME CONVAINCRE.
JE COMPRENDS. QUE PUIS-JE FAIRE POUR VOUS PERSUADER…
CHER MAZAK ?

TU TE TROMPES DE BLAZE.
QUOI ?!
JE L'AI ABANDONNÉ DEPUIS UN BOUT DE TEMPS, CELUI-LÀ.
JE M'APPELLE FAMME, DÉSORMAIS.
DIRE QUE TU AS MÊME TROUVÉ MON ANCIEN NOM.
QUAND ON Y PENSE, CETTE CAPACITÉ FERAIT PRESQUE DE TOI MON ENNEMI NATUREL.
TAC
コツ…
JE T'AIME BIEN.
J'ACCEPTE TA REQUÊTE.

ET PUIS, JE M'ESTIME ENCORE TROP JEUNE POUR MOURIR...
...
C'EST GENTIL DE VOTRE PART...
MAIS VOUS ÊTES SÛR DE NE PAS VOULOIR EN APPRENDRE DAVANTAGE SUR VOTRE MISSION AVANT ?
ET PUIS, VOUS NE SAVEZ PAS GRAND-CHOSE SUR MOI NON PLUS...
PAS LA PEINE.
IL ME SUFFIT D'OBSERVER TON ENTOU-RAGE POUR VOIR À QUI J'AI AFFAIRE.

CE MARCAÏEN A UNE FORCE HORS NORME ...
Tiens donc...
ET CETTE JEUNE FILLE EST IMPRESSIONNANTE POUR SON ÂGE.
ÇA SE VOIT QU'ELLE EST PROFONDÉMENT ATTACHÉE À TOI.
VOUS... VOUS EXAGÉREZ...
HÉ HÉ...
J'AI TOUT INTÉRÊT À MISER SUR LE BON CHEVAL.
ALLONS POURSUIVRE CETTE CONVERSATION AU FOND.
ぱあああっ
KSHAAAAA
ME... MERCI INFINIMENT !
JE VOUS DOIS BEAUCOUP POUR TOUT À L'HEURE, DAMOISELLE LICIA.
CE N'EST RIEN.
QU'EST-CE QUE TU VEUX DIRE ?

J'AI COMPRIS À QUI NOUS AVIONS AFFAIRE EN VOYANT VOTRE VISAGE.
J'EN AI DONC PARLÉ À RIETZ ET NOUS VOUS AVONS SUIVI.
TOUT CELA EN SI PEU DE TEMPS ?!
JE VOIS... FAMME A DÛ ÉGALEMENT S'EN RENDRE COMPTE...
HEUREUSEMENT QU'ON LIT EN VOUS COMME DANS UN LIVRE OUVERT.
HI HI !
ELLE... ELLE EST VRAIMENT REDOUTABLE !
J'AI EU UN PEU PEUR, MAIS BON...
MERCI DE M'AVOIR SAUVÉ...
HI HI HI HI !
JE VOUS EN PRIE.

HUM…
ON DOIT DONC DÉCOUVRIR POURQUOI PLENA REFUSE LES NÉGOCIATIONS, C'EST ÇA ?
QU'EN PENSEZ-VOUS ? C'EST DANS VOS CORDES ?
ÉVIDEMMENT !
UNE PIÈCE D'OR SUFFIRA POUR TA PREMIÈRE REQUÊTE.
JE DEMANDERAI JUSTE UNE AVANCE DE TROIS PIÈCES D'ARGENT.
D'ACCORD !
JE ME DEMANDE COMBIEN DE TEMPS ÇA PRENDRA.
SI MÊME LE PRÉFET PYRES N'A PAS RÉUSSI À OBTENIR CES INFORMATIONS…
C'EST QUE JE PEUX AU MOINS TABLER SUR UN MOIS…
VOYONS VOIR…

REVENEZ ICI DANS CINQ JOURS.
QUOI ?!
SI VITE ?!
T'EN FAIS PAS.
RÉCOLTER CE GENRE DE RENSEIGNEMENTS, C'EST NOTRE SPÉCIALITÉ.
ÇA SERA DU GÂTEAU.
LA... LA CLASSE !
MERCI D'AVANCE, ALORS !

Tome 4 - Fin

Nouvelle exclusive

présentée par Miraijin A.

Une fois entré au service du préfet Pyres, il ne fallut que quelques années à Raven Louvent pour enchaîner les exploits militaires. Grâce à ses faits d'armes, il devint vite un vassal indispensable du district de Canarre.

Un jour, sur le champ de bataille, tandis que le préfet Pyres pourchassait des soldats ennemis sur son magnifique cheval, Raven s'était mis en tête de poursuivre le général adverse. L'armée de Canarre avait repoussé l'invasion des troupes de Seitz, mais le fait que leur chef était toujours en vie exposait Canarre à d'autres attaques ultérieures. Raven avait tendu une embuscade à la troupe du général en fuite pour s'assurer qu'il ne puisse plus attaquer avant un certain temps, et était sur le point de le rattraper grâce à son cheval qui était plus rapide que celui de son adversaire. Les vassaux du général ennemi se précipitèrent pour protéger leur maître de Raven, mais ce dernier était si puissant qu'il s'en débarrassa en un clin d'œil. Le guerrier, accompagné de quelques cavaliers d'élite, laissa ses compagnons s'occuper des soldats environnants pour se concentrer sur sa cible, en lançant son cheval au galop.
"Tu vas regretter de m'avoir poursuivi, ordure !" hurla le général ennemi.
Le fuyard, ayant autrefois gravi les échelons à la force du poignet, ne serait pas facile à abattre. Raven et son adversaire, tous deux armés d'une hallebarde, se lancèrent dans un spectaculaire combat à cheval. Le général ennemi résistait, mais paraissait clairement en difficulté. Raven, doté d'une force incroyable, repoussait davantage son adversaire à chaque coup

porté, si bien que le visage de ce dernier montrait de plus en plus de signes de détresse.
“Raah !” cria Raven en abattant sa hallebarde de toutes ses forces.
Pour ne pas finir tranché en deux, le général ennemi bloqua l'attaque, mais tomba tout de même de son cheval. Il tenta alors de s'échapper, mais Raven le rattrapa pour lui trancher la tête par derrière avant de clamer “J'ai abattu le général ennemi !” Un cri de joie s'éleva alors parmi ses alliés.

Après cette belle victoire, un banquet fut organisé au château de Canarre.
“Bravo, Raven ! Tu as encore brillé par tes exploits au cours de cette bataille, complimenta le préfet Pyres.
– Je ne mérite pas autant de louanges, répondit l'intéressé.
– Ha ha ha, ne sois pas modeste. Si trancher la tête du général ennemi ne fait pas de toi le héros de la bataille, qui d'autre pourrait l'être ? lança Lumeire en riant joyeusement.
– C'était tout de même étrange, on aurait dit que l'ennemi avait été informé de notre stratégie...” fit remarquer Raven.
À ces mots, le préfet Pyres retrouva aussitôt son sérieux et ajouta : “J'ai ressenti la même chose. C'est pourquoi nous avons capturé quelques soldats ennemis, qui nous ont avoué qu'il y avait un traître parmi nous.
– Un traître ? répéta le jeune homme.
– Oui, même si nous avons réussi à remporter la victoire grâce à tes efforts héroïques. Quoi qu'il en soit, c'était une bataille risquée et cette trahison est impardonnable. Nous devons vite démasquer ce renégat et le sanctionner, fulmina le préfet Pyres en laissant transparaître sa colère sur son visage. La trahison est un acte vil, elle ne doit pas rester impunie.
– Si traître il y a, je vous aiderai à le trouver, lança Raven.
– Ha ha ha ! Tu n'es pas fait pour ça ! Je préfère te confier l'entraînement de mes soldats, rétorqua le préfet Pyres.

Raven, bien qu'il soit capable de se battre, n'était pas doué pour débusquer les traîtres. Il n'était cependant pas du genre à se laisser abattre de ne pas être sollicité pour d'autres tâches. Il décida donc de se concentrer sur l'entraînement des soldats, comme on lui avait demandé.

On découvrit l'identité du traître quelques mois plus tard. Il s'agissait du seigneur de Lamberg de l'époque. Le préfet Pyres, qui lui avait accordé son entière confiance, émit quelques doutes, mais l'enquête permit de découvrir une montagne d'éléments accablants à l'encontre de son vassal. Le seigneur accusé fut convoqué à Canarre pour s'expliquer, et confronté à de nombreuses preuves irréfutables, il reconnut sa trahison.
Le préfet Pyres était furieux, et bien qu'il ait d'abord envisagé d'exécuter toute la famille du traître, il reprit son sang-froid et décida de ne condamner à mort que le seigneur. Il se contenta ensuite de bannir de Missian sa femme, ses enfants et tous ceux qui avaient participé activement à la rébellion, y compris ses vassaux directs.
Raven, bien que conscient de la gravité de la situation et curieux de savoir qui deviendrait le prochain seigneur de Lamberg, ne se sentait cependant aucunement concerné par cette affaire.
Mais peu de temps après, il fut convoqué au château par le préfet Pyres, qui souhaitait lui parler.
“Oh, te voilà, Raven ! ” lança Lumeire, qui s'était rendu dans le salon du préfet.
Le jeune homme, qui ne connaissait pas la raison de sa convocation, était un peu inquiet.
“Raven Louvent. Je te nomme seigneur de Lamberg ! annonça aussitôt Lumeire.
– Pardon ? Qu'avez-vous dit ? le fit-il répéter, qui pensait avoir mal entendu.
– Tu as sûrement appris que j'ai fait exécuter l'ancien seigneur de Lamberg. Tes brillantes réussites militaires m'ont mené à la

conclusion que tu serais le meilleur choix pour le remplacer. Tu acceptes, n'est-ce pas ?" demanda le préfet.
Raven n'en croyait pas ses oreilles… Certes, devenir seigneur était son objectif, mais il n'aurait jamais imaginé l'atteindre aussi rapidement. Bien qu'hésitant, il comprit qu'une telle chance ne se représenterait pas, et acquiesça avec force :
"J'accepte.
– J'étais sûr que tu répondrais cela ! Je te confie le domaine de Lamberg !" annonça Lumeire, qui venait de faire de Raven un aristocrate.

Les autres seigneurs furent ensuite convoqués et le préfet annonça officiellement la nomination de Raven à la tête du domaine de Lamberg. Les exploits de ce dernier en tant que vassal étaient si remarquables que personne ne s'opposa à sa promotion, en dépit de ses origines paysannes. En ces temps troubles, beaucoup avaient compris que la compétence l'emportait sur la lignée. C'était notamment le cas à Canarre, qui connaissait fréquemment la guerre, et où on jugeait davantage les gens sur leur potentiel que sur leur ascendance.

Une fois la bénédiction des autres seigneurs accordée, une fête fut organisée au château pour célébrer l'investiture du nouveau maître de Lamberg.
"Eh bien, je ne m'attendais pas à ce que tu deviennes seigneur aussi rapidement, dit Hammond en s'approchant de son ami.
– Je suis aussi étonné que toi. Mais bon, j'ai été tout aussi surpris de te voir brusquement hériter après la mort de tes frères", répondit Raven.
Hammond était bien devenu seigneur, lui aussi. Ce titre revenant généralement à l'aîné, il était difficile pour le quatrième fils d'y accéder. Cependant, en raison de maladies et de batailles, ses frères moururent les uns après les autres, et c'est finalement Hammond qui leur succéda.

“Te souviens-tu de notre vieille promesse ? demanda Hammond à un Raven interloqué.
– Nous nous étions jurés de marier nos enfants si nous devenions seigneurs, ajouta-t-il.
– Ah oui, je m’en souviens, lui répondit son ami.
– J'ai déjà une fiancée, et toi ? questionna Hammond.
– Non, pas encore et je n'y avais jamais pensé, d’ailleurs”, remarqua Raven.
Ces dernières années, il n'avait pensé qu'à la guerre et n'avait jamais envisagé le mariage.
“Promesse à part, en tant que seigneur, il te faut un héritier. Je te conseille donc de te marier au plus vite, reprit Hammond.
– Ça viendra. Je tiendrai ma promesse, réagit-t-il.
– Entendu. Mais vu le succès que tu devrais avoir, tu n’auras sûrement aucun mal à te marier !” rétorqua Hammond avec enthousiasme.

Quelques jours après la fête, Raven visita pour la première fois le manoir du domaine de Lamberg.
“C’est donc ici que je vivrai, désormais…” songea-t-il.
Le manoir était considérablement plus grand que toutes les demeures où il avait vécu jusqu'à présent. Il ressentait enfin un sentiment d’accomplissement en réalisant qu’il s’était beaucoup approché de la figure qu'il admirait depuis son enfance.
“C'est ici que tout commence vraiment”, pensa Raven.
Devenir seigneur n’était pas son objectif final, il se doutait qu’avec son nouveau titre, une vie difficile l'attendait. C’est pourtant d’un pas résolu qu’il ouvrit la porte du manoir de Lamberg pour y entrer.

Fin

SCÉNARIO : MIRAIJIN A

C'est encore moi, Miraijin A, le scénariste de ce manga.
Un grand merci à tous les lecteurs pour leur achat.

Après quatre tomes, nous voici revenus à la scène qui ouvre le tout premier chapitre. La suite du manga va prendre de plus en plus l'allure d'un récit de guerre.

Les dessins du manga devraient rendre les scènes de combat encore plus intenses et spectaculaires que dans le roman.En tant qu'auteur, j'ai vraiment hâte de voir ça.

J'espère que vous lirez le cinquième tome, dont l'intrigue s'annonce encore plus captivante.

C'est grâce aux encouragements de tous les lecteurs que *Reincarnated as an Aristocrat - Dénicheur de Talents* est prépublié depuis maintenant un an et que ce quatrième tome relié a pu voir le jour.

Je serais très heureux de pouvoir encore compter sur votre soutien à l'avenir.

Félicitations pour la sortie du quatrième tome !
La nourriture de Canarre a l'air excellente !
jimmy
CHARA DESIGN : JIMMY

Ils existent. Fuyez !

Momo Ayase et Ken Takakura sont deux lycéens que tout oppose. Tandis que la première ne croit qu'aux esprits, le second ne jure que par les extraterrestres. Incapables de se convaincre, ils se lancent alors un défi : Momo devra se rendre dans un hôpital où des créatures de l'espace sont censées se trouver et Ken dans un tunnel hanté… Or, chacun va faire une rencontre d'un autre genre qui va bouleverser leurs vies et lier leurs sorts. C'est le début d'une romance survoltée où l'occulte, le paranormal et le surnaturel se bousculent dans un chaos haletant !

Yukinobu Tatsu
DANDADAN
DISPONIBLE EN LIBRAIRIE
crunchyroll

La magie c'est bien,
les muscles c'est mieux !

Élevé au fin fond de la forêt, Mash Burnedead partage ses journées entre séances de musculation et dégustation de choux à la crème. Mais un jour, un agent de police découvre son secret : il est né sans pouvoirs magiques, ce qui est puni de mort ! Pour survivre, il va devoir postuler à Easton, une prestigieuse académie de magie, et en devenir le meilleur élève... La magie n'a plus qu'à bien se tenir : avec sa musculature affûtée et sa force hors du commun, Mash compte bien pulvériser tous les sorts et briser les codes de cette société !

MASHLE
HAJIME KOMOTO
DISPONIBLE EN LIBRAIRIE
crunchyroll
MASHLE © 2020 by Hajime Komoto/SHUEISHA Inc.

Reincarnated as an Aristocrat
Dénicheur de talents

Édition française
crunchyroll
8 rue Ambroise Thomas, 75009 Paris
www.crunchyroll.com

Directeur éditorial : Hideki Iyama
Supervision des droits : Emi Iwahashi
Supervision de l'approbation : Sylvain Hamard
Traduit du japonais par : Lilian Lebrun
Lettrage et maquette : Isabelle Bovey
Supervision éditoriale : Carla Bois
Directeur artistique : Ludovic Allouche
Design : Marjorie Vallinas
Responsable de fabrication : Julie Baudry

ISBN : 978-2-82035-209-5

Achevé d'imprimer en janvier 2025
par L.E.G.O. SpA, Lavis (Italie).
Dépôt légal : mars 2025

PEFC
PEFC/18-31-280
Certifié PEFC
Ce produit est issu de forêts gérées durablement, de sources recyclées et contrôlées
www.pefc-france.org